空のために飛ぶ鳥

宮川聖子
Seiko Miyagawa

書肆侃侃房

空のために飛ぶ鳥＊目次

装画　いわがみ綾子

空のために飛ぶ鳥

宮川聖子

二羽

渡らない水鳥あまた漂えるどれも一羽かどれかの一羽か

かたわれの本だけを積む机には廻る方位磁石とわたし

挽歌へと次々ひかれる手の握る二人の綱にも名前をください

「なにかアレルギーはありますか」「二つ並んだ歯ブラシですかね」

探さずに見つけた瞳を持つ人のすべてを捜すそのいつの日か

空にまで続く扉は半開きがらんと詰まるひとりばかりが

包むならブルームーンの空の布ふたりで一箱にしてもらいたい

光を得て光る自分だと知るのだろう待ち続けても待つヒカリ苔

夜にはまだ浅き落陽の丘にいて空のために飛ぶ鳥を見ていた

先の地図

変温の砂漠に埋まる充電のコードはのたうつ朝のこの手に

再生の生き物は喉に渡りゆく水はまたも水になれたと

この首を短く短く切り戻し今日吸い上げる花瓶の中へ

一日の一秒たちはにぎやかに落ちては身体の枝を動かす

ひらひら角膜ほどの薄桜散ってゆく間に見えたりする星

彷徨える猫にも最終地はあって意味ある証の塀に飛び乗る

新地図の果てを探索する人の最短地点を教えてほしい

背に夕日重なる影に手を伸ばす初めも終りもすべて途中だ

おりん

夕焼けを朝焼けと言う赤らんで錆びゆく針を横で見つめる

先立った夫は居るか居ないのか仏間のおりんは止まない鳴らない

落ちてゆく砂でもなくなる一日はハンモックの目をすり抜ける風

ぼんやりとはきはきとは裏表剝がせば危うき日々の縁取り

子のいないナビは同じと指で追うルートに出てくるこの矢印は

人は皆ひとりそうですひとりですひとりだけれど熱を持ちます

温めた椅子がその今を起こす時口ずさむのは忘れえぬ歌

*

*

*

空の話

届きそう届かなさそうな光なら見たことがあると言いそうな窓

青空にある青という青ならばもうないんだと言いそうな窓

見えていて見えない青が多すぎるいつ失くしたのと言いそうな窓

飛ばすより緩む片紐気になって叫ぶ「あした天気にな〜れ」

星には足りない形のヤマボウシ全身で空を仰ぐ　カナシイ

きれいごとになれない空の広がりが脇目も振らずひたすら真上に

これは夢とわかる夢に出る人にだけ話したい昨日の空を
吹き込んだ息であの雲追い越すと信じたころのわたしの風船

ポプリの香

開くたび同じページに沁みがある揃わぬ花びら持つ押し花の

容量がいっぱいのとき消されゆく録画のように諦めたもの

刺してくるもういいだろうに柊は確認させる痛みの輪郭

全部が要らないんじゃない無残だねシュレッダーの見えない刃《やいば》

意味のある相互と仕方のない問答無用の別れを比べるなかれ

花びらは死別の輪廻に舞うだけの美しさなど求めない風

乾きつつ濃くなるポプリ花びらと言ってもいいのはいつまでですか

*

*

*

*

カーネーション

人の中に人がいるのが不思議だと臍の緒を見るこの期に及んで

見えぬのに乳児は笑う真似事のわたしに母で祖母でいいよと

間の抜けたミルク臭い午後がいいほわほわ産毛の透ける真横の

目を凝らすカーネーションの赤さほど視点はぶれて眼科に通う

親にしかわからぬことを何万回聞いてもわたしは子どものままだ

礼状の和紙に筆擱《お》く母の「す」の伸びゆく先で雲梯をする

サザンカとツバキの違いを話す日にそれがどうしたと言ってくれたね

道のなき道をゆくとき木々の間に空見えるなら良しと言う人

さよなら今日の日

屋上に立てば眼下は雲に似た森の広がり蒸せ返る葉の

採血の瓶の日付は整列し同じに見える今日にさよなら

きつきつとゆるゆるとを加減して点滴は効くたぶん頼れる

明日からリハビリですと明日から寝たきりですがあからさまです

脳内にコンビニはあり白々と水を見ている補充されるか

しんしんと深くなる夜の柵覆い蔓を伸ばしてカラスウリ咲く

*

*

*　　　　*

*

*

*

最後のほう

熟すまで待てない林檎を落とすよう揺さぶる風が夜通し続く

栞には医師の言葉もあると知り日記を書くのを止めてしまった

与えても浸しすぎだとヒヤシンスちょうどいいとは言ってくれない

波紋などどこにもないというような病室の湖《うみ》の平らな面《おもて》

生命はガラスの瓶に納まったいちばん静かな壊れものです

瞬《まばた》きが瞬《またた》きへ移行されていく病室の空は狭くて近い

香る間にこぼれる間に間に終わる間に木犀はただ記憶をさせる

それぞれに開くものになるのだろう記憶の合鍵は胸に仕舞った

*

*
*

*

*

*

知らなくていい

見ないふりしながらサヨナラする朝のゴミ置き場で振る人形の腕

ロウソクの足に付いては捨てられるクリームの白に目がいく　黙視

冬にまだ紅葉していて飽きられた落葉の赤に目がいく　黙視

黙るのは語りたいから　散り急ぐイチョウ葉はもう集められない

がめんにのせたらおもさのわからないことばもあると雪は知らせる

知らなくていいことばかりがどっさりと両膝に乗るやり場がなくて

枝だけが言葉を枯らす落ちそうで落ちない付箋を碧落に貼る

Just

二人ってjustなんだよ水蒸気で並び焼かれた食パン二枚

第二の母だと思ってと子らに言う第二はないのにさみしい口は

寄り添えば寄り添っただけ圧はありブルーの水を首元へ逃がす

お互いが子になれば楽甘えてはやんちゃを言って困らせて楽

あなたという立方体にわたしという立方体を入れる窓をなくして

海はいい粉雪と風は同じこと違いを問うなどさらさらないから

葉の上の真中に実の生るハナイカダ乗る一粒はひとりに見える

ふあんふあん

ふあんふあんひらがなにしたら軽やかで不安がふあんと無くならないか

どうでもいいことだけ言って生きていたいサイとカバとを比べるような

あの名前思い出せないあれあれあれ同じあれならあれだよきっと

うちわとは推し愛いやいや焼き鳥だそんな会話をただただ愛す

先のない駅があるようで怖いからルームランナーを線路に置いた

自販機にごろんと明日が出るように一緒の一日を握っていたい

手の包む《二人》はきっと干からびる減らない固形石鹸のように

「折り紙の端っこなんて気にしない」そう言うあなたと風船を折る

朱の橋

巡る寺の廊下で仰ぎ見る空は唯一の出口に見える　明るい

抜かれては石池の底に干からびるおたまじゃくしの黒によろしく

庭園の調和のひとつの砂の波流れてはいけない役割を生きる

post card

恐れ入りますが、切手をお貼りください

810-0041

福岡市中央区大名2-8-18
天神パークビル501

書肆侃侃房 行

フリガナ
お名前　　　　男・女　年齢　　歳

ご住所　〒

TEL（　　　）　　ご職業

e-mail：

※新刊・イベント情報などお届けすることがあります。　不要な場合は、チェックをお願いします→□
著者や翻訳者に連絡先をお伝えすることがあります。　不可の場合は、チェックをお願いします→□

□**注文申込書**　このはがきでご注文いただいた方は、**送料をサービス**させていただきます
※本の代金のお支払いは、本の到着後１週間以内にお願いします。

本のタイトル	冊
本のタイトル	冊
本のタイトル	冊

愛読者カード

□本書のタイトル

□購入された書店

□本書をお知りになったきっかけ

□ご感想や著者へのメッセージなどご自由にお書きください

※お客様の声をHPや広告などに匿名で掲載させていただくことがありますので、ご了承ください。

◀こちらから感想を送ることが可能です。

書肆侃侃房　http://www.kankanbou.com　info@kankanbou.com

桜あれば春になる画がうらやましいまだ座らない椅子のある部屋

ひとつだけ願いの叶う朱の橋の下の日陰で輪を引く真鴨

砂利道は平坦なのか　ゆっくりとたしかめながらかたくあるいた

紫蘇ジュースがからんと回る薄明に隠れて鳴った夕立の音

マスク顔

雑踏にウイルス混ざり瞳対瞳はビーム or テレパシーかも

胴吹きの幹を追い込む鋏のよういつかいつかの春を待つ春

白桃をうっすら剥いで腐るより指圧の限り握りしめたい

雨粒の一つも与えられないと医学は言ってどしゃ降りの中

反り返り芋虫のように葉は乾く意味を持てない言葉もあります

八朔に親指ねじ込むようにして納得をする滴りもせず

夢追いに制限のかかる現代に子は紙ひこうきの翼も洗う

書肆侃侃房
Shoshikankanbou

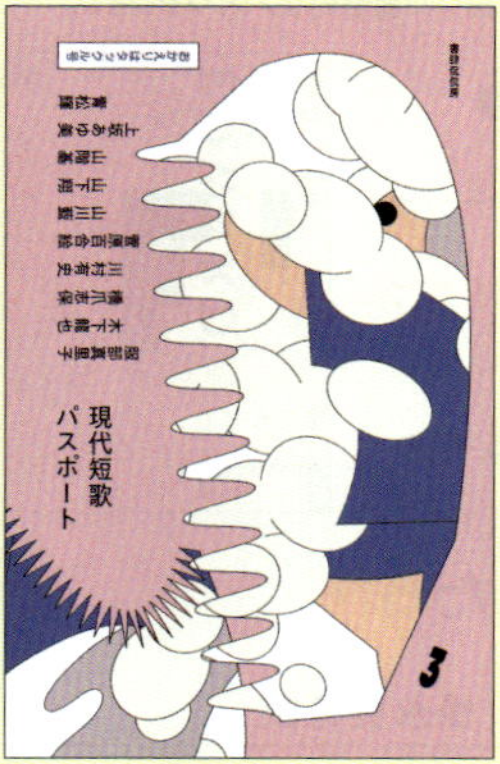

現代短歌パスポート3 おかえりはタックル号

本体1,000円＋税　978-4-86385-622-6

大好評の書き下ろし新作短歌アンソロジー歌集、最新刊！

木下龍也　菅原百合絵
上坂あゆ美　山階基
服部真里子　山下翔
山川藍　川村有史
青松輝　橋爪志保

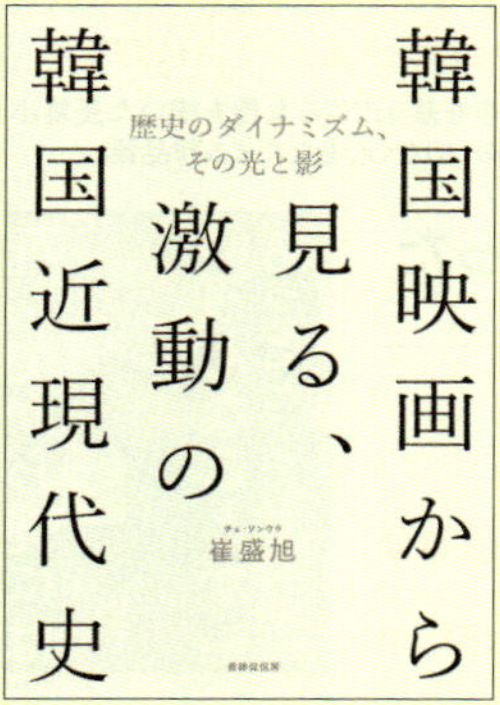

韓国映画から見る、激動の韓国近現代史

歴史のダイナミズム、その光と影
崔盛旭

本体2,200円＋税　978-4-86385-624-0

「3・1独立運動」「済州島4・3事件」「光州事件」など韓国の近現代史のなかで形作られてきた「儒教的家父長社会」。韓国映画から透けて見える歴史や社会問題を解説し、韓国をより深く、より立体的に理解するための一冊。

『パラサイト』『タクシー運転手』『はちどり』『金子文子と朴烈』など、韓国映画44本から激動の歴史を読み解く。

ジェーンの物語 伝説のフェミニスト中絶サービス地下組織

ローラ・カプラン著　塚原久美訳

本体2,500円＋税　978-4-86385-623-3

妊娠して困ってない？　〈ジェーン〉に電話して！

女のからだは女自身のものであり、
女には自らのからだに対する権利がある

中絶が違法だった半世紀前の米国シカゴ。女たちが女たちを助けようと立ち上がった違法の地下組織〈ジェーン〉。安全な人工妊娠中絶を求め駆け込んだ女性たちの数は推定1万1000人。激動の歴史を赤裸々に描いた衝撃的なノンフィクション。

エドワード・サイード ある批評家の残響

中井亜佐子

本体1,700円＋税　978-4-86385-612-7

没後20年をむかえた今、サイードの思考の軌跡をたどりつつ、現代社会における批評の意義を問う。

朝日新聞（3/23）に書評掲載！

「サイードのテクストと粘り強く向き合う本書に、言葉による抵抗の一つの実践を見る」（三牧聖子さん）

人殺しは夕方やってきた

マルレーン・ハウスホーファー短篇集

マルレーン・ハウスホーファー著　松永美穂訳

本体2,100円＋税　978-4-86385-621-9

多くのフェミニスト、作家たちに影響を与えたマルレーン・ハウスホーファーの、知られざる短篇小説名作集がついに邦訳！

大山の中でたった一人、壮絶なサバイバル闘争を繰り広げる女性を描いた長篇小説『壁』で、世界を震撼させたハウスホーファーの、切なく心あたたまる作品集。

死んでから俺にはいろんなことがあった

リカルド・アドルフォ著　木下眞穂訳

本体2,100円＋税　978-4-86385-603-5

ポルトガルの作家が移民の置かれた立場の悲哀を不条理かつユーモラスに描く傑作長編。

共同通信（江南亜美子さん）、本の雑誌（石川美南さん）、図書新聞（森田千春さん）、クロワッサン（瀧井朝世さん）で紹介！
6/13（ヒルサイド・フォーラム）・7/7（仙六屋カフェ）に刊行記念イベント開催！！

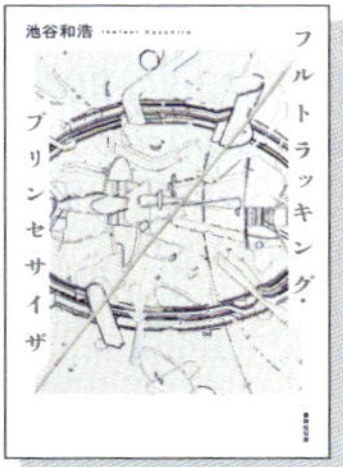

フルトラッキング・プリンセサイザ

池谷和浩　本体1,800円＋税　978-4-86385-627-1

第5回ことばと新人賞受賞作!!
千葉雅也さん、滝口悠生さん推薦!!

ことばと新人賞選考会で激賞された第5回ことばと新人賞受賞作「フルトラッキング・プリンセサイザ」ほか、一年後をつづった「メンブレン・プロンプタ」、うつ井の学生時代を描いた「チェンジインボイス」を収録。

恐竜時代が終わらない　山野辺太郎

本体1,700円＋税　978-4-86385-625-7

リアルにファンタジーが溶け出し、新たな世界へと導く
山野辺太郎の真骨頂!

食う者と食われる者、遺す者と遺される者のリレーのなかで繰り返される命の循環と記憶の伝承を描く長編小説。

「恐竜時代の出来事のお話をぜひ聞かせていただきたい」

逸脱のフランス文学史

ウリポのプリズムから世界を見る　**塩塚秀一郎**

本体1,900円＋税　978-4-86385-613-4

『聖アレクシス伝』『狐物語』からパトリック・モディアノ、アニー・エルノーまで。新たな角度から提示されるフランス文学講義!

レーモン・クノーやジョルジュ・ペレックらによる前衛的な実験文学集団「ウリポ」。言語に秘められた潜在的可能性を追求した彼らの営為を研究してきた著者が、「ウリポ」の視点からフランス文学史を新たに捉え直す。古典から現代作品まで25の名作でたどるフランス文学案内。

ブンバップ　川村有史

本体1,800円＋税　978-4-86385-619-6

第3回笹井宏之賞永井祐賞受賞!

みんなして写真のなかで吸う紙のたばこ　爆発前のSupreme

これ、新感覚です。友達の日記を覗き見してるようでクセになります。
——SUSHIBOYS（ラッパー）

短歌で生きた音を響かせるには、文体を一から自分でつかみ直すしかない。そう感じさせる一冊である。
——永井祐（歌人）

砂のない浜

裸足から砂はこぼれぬ浜としてリビングはあり慣れたコロナ禍

自宅待機リモコンでタグる連ドラの暖簾の先のぬるきテッパン

読スマホ滑る画面の頼りなさ指は欲しがる紙ページ厚

会わなきゃね会いたいならば今すぐにいつでも会えるは約束じゃない

気がつけば知りたいところがわからないマーカーペンの蛍光だらけ

折り目なく引き出しにいた折り紙は飛ぶこともできた未来もあった

朝霧に透けて開いたサンカヨウ儚く冴える水の花びら

人に成る

咲けるけどまだ咲かないって前提に咲けなくてもいいんだねと聞く

合格を待つ夜に焼くお好みに踊る鰹節を多めにかける

春野には試されて咲く花たちに冬とも春ともわからない風

いろいろな最後の日ってあるけどね卒業ってのがいちばんいいね

コンパスでつなぐ星座よ机から君の明日へ光を放て

旅立ちに心で最短最深に往復をした「がんばれ」「がんばる」

雨音に同時に気づきどしゃ降りに同時に笑う人に恋せよ

無敵のＡＩ

ＡＩの指示は団らんなによりも熱ある会話を始める老女

ＡＩにミルクパンのやさしさをなんとも言えず…と言わせてほしい

ＡＩの誤訳とされる I am you. 人間《ひと》が訳せば違和感はなく

急ぎゆく無敵速攻ＡＩに縁側でお茶を飲む間をあげて

クラウドさ当たり前じゃん思い出は　空にある　ってそれは同じか

３Ｄ猫の知らせる新宿の時の間タマは鈴を鳴らして

（※『サザエさん』に登場するネコの名前）

化石でも泳いでいたと知らせくるペルーの砂漠の巨大鯨は

言葉のゆくえ

ゴールに沈めた言葉を拾うのはひとりじゃないけどあなたがいいな

思いもよらないことは苦手です良くも悪くも無いほうがいい

青い鳥へ放つあなたの呟きにいいねしてたと知る羽根はどこ　X

剥がしたら簡単だけどどうしてもしつこくくっつく紙のふたりは

ごめんねを競っている顔しかたなく笑ったときの顔より愛しい

どっちかが先にとかじゃなく残るってことがちゃんとあるってことで

両指の指紋の渦に記憶した生温かい頬のある夜

ひとりでも全然平気と思いたい「ひとりの良さ（も）ある」とヒロシは

繋ごうと思わずふれる夜の手はこたつの足より寂しいんだよ

続いています

三角飴溶けてる宝の缶開けたいランドセルが知る裏山の基地の

えんぴつが安心できる絵日記の行間に打つ句点をください。

昭和の画は洗濯ばさみで吊るされて固固固頑固に並ぶしかない

両腕の真白さに抱くスヌーピーそれだけでいい少女の時代

タブレットの電源入れず殴り書く天才バカボンを黒マジックで

ガチャっ、カセットテープがのーびても千春の声はのびるのが良い

トウモロコシ畑へ連なるヘッドライトをハイにするほどの夢の続きを

ここにまで続く『中央分離帯』あのころ覚えた青春の言葉

ロンバケの南と瀬名のラストへと連れ戻す魔法LA・LA・LA LOVE SONG

越えるでも復活でもなく常夏にエモくてナウいサザンの歌声

*

*

*

*

*

*

*

タモリ山

倍速の一日にして見逃した溶ける氷のエッジの煌めき

再配信あるからあとであとでいいその今さらりとせんたく可能

横軸の水平線を眺めては軌跡をたどるグレーの白球

残らない言葉重ねて笑い合うミルフィーユの端さらに崩して

疾走か失踪したか草むらの崖にめり込むホイールばかり

縁側にスイカと蚊やりのある昼寝ひんやり畳の夏に会いたい

単語のみカリカリカリカリ埋めつくすノートは誇りだ笑っていいとも

適当に笑い笑わせ幸せなお昼休みのウキウキウォッチング

山道の名言を拾い登りたく『タモリさん』を座右の銘とする

登り窯

水面の青空だけを口に入れ深海に潜る魚影のひとり

海遠くクラゲと笑う子のために浮遊し生きるビニール袋

今日にだけできて無くなるおこげご飯どうぞどうぞと潔すぎて

紅くなる時を問えば反対に葉に尋ねられ黙る庭先

伝達は指の腹に代わる世に直筆はもうなんだか決意で

一本の土筆も摘まず夏は来る大人の皮を重ねるうちに

つながりの光に甘え額縁を立派に見せる自画像に吐く

花びらの先に力を溜めながら星を生み出す足元の桔梗

受身でも雑草は伸びる自分から捨てたと言いたい人とは違い

胸中に窯の薪のみ積み上げて未だ練られぬ土を置く夜

*

*

*

*

ルドベキア

「わたくしはルドベキアという名前です。」向日葵に似てる向日葵が似てる

川鮎の道の一つにやなはあり選ぶも水は透けて等しい

思うまま気持ち投げてもそれだけかとグローブを開くあなたの広い手

「後からね、見つけたちょうちょ逃がすんだ…」鍵を解けない醜いこの手

後世に残れ〉〉落ちても笑い合う水風船のこよりの切れ端

流れつくペンラの海でキラメキの星へと叫ぶ飛び魚たちは

チリチリと風鈴売りの耳心地散り行く音から夏だけを拾う

濃むらさきの葡萄ひとつぶ頬張れば喉を過ぎゆく秋の入口

センチメンタルナンセンス

ただそこにいることだけを見せつける泣きじゃくったことのない花器

赤くなる時は赤くなるだけとコキアは堂々丘に広がる

引き伸ばす無限アートがあるらしい気ままなペンの先はつるつる

油絵の木枠は画面《スマホ》を好む手も許してしまう西陽の痛みで
同じ空がただの一度もないことの茜を抱いたうろこ雲たち
夕焼けのセンチメンタルナンセンス笑えばいいって秋が言うんだ

コスモスはひと花ごとに「大丈夫」茎の細さは弱さではない

見逃した明日

「きれいだねのぼっていくよながれぼし」子が指で差す弾道ミサイル

川に目をやれば手前にワレモコウ主役に代わる色合いを放つ

自らが決めたように降りていく真白き花に真白き綿雪

雪は雨に風になってもまた雪になれると空は平気で言うんだ

変わり目を教えてくれないいつなんだ冬は今かと土に手を置く

ちぎり絵の雪は溶けないそこにある冬を動かず生きる吹雪いて

玉止めをしない連続その先へ進む　《《《　刺し子の強き糸先

（※刺し子とは日本に古くからある伝統手芸）

ほーほーほー

ひとつずつボーロをつかむ手の甲のえくぼ愛しいゆるやかな午後

雨さえも花降るように受けとめて上向く力を見せる幼子

せいちゃんはなんで笑うの泣いてるの理由はあったりなかったりだよ

花は花ここにあるよと子は紙を笑って差し出す咲いた形の

ほーほーほーほ音発する和み力ほかほかほのぼのほわほわほっこり

対話することを覚える幼子に向かい微笑むネモフィラの青

登るより降りるほうが難しい諦めない児の脚が地に着く

振り返る君の歩いた道に飛ぶ綿毛の種のひとつになりたい

ゆるり

(笑)(笑)(笑)刻み笑わせ友は逝くその一日を平生として

声のなき話にうなづく優しさの水仙という春を束ねる

吸い込めば脳に種呼び土たちは水がどこだかまだ探せそう

言いたくて言えなかったひと言を言い放ってみる〝これでいいのだ〟と

春暖に駆けゆく子らの放つ声聞いて筆先伸ばす土筆野

上りゆく神宮杉の祈りの分もらって生まれた手のひらはある

生きるとは陶片握り燃えるまで豊蔵志野の緋色の夕日

対岸に渡せぬ思いなら海に着けば同じと木曽川ゆるり

開いたら頁を戻り送る手に枝折《しおり》を持たせる木漏れ日の人

あとがき

ここは陶器の町。

見つけたひとつの陶片から作陶された志野茶碗がわたしは特に好きだ。湯の熱を手のひらに伝えるときの穏やかさに惹かれる。久しぶりに抹茶茶碗を両手で包む。表面の小さな穴たちは息を抜いていいと言っているようで心落ち着き、その手触りはちゃんと生きているんだと言っているようで伝えくる息吹を感じるものだった。

窯で焼くとき釉薬が薄く施されたところに出る緋色は、夕日を思わせる色合いだ。この地域の誇りである人間国宝荒川豊蔵の言葉に『随縁《ずいえん》』というものがある。この世のすべてのことは縁によって結ばれていてそれに従って生きるのが良いという意味だ。

この地に生まれこの地で歌を詠む縁を思いつつ、これからも出会えたわたしだけの陶片を手に緋色に向かって進んでいきたい。

◇

第一歌集は三十代後半から四十代を詠んだ歌を中心にしたものだったが、この第二歌集は五十代から現在までを詠んだ歌をまとめた。この間には近く親しい人たちの死や病いそしてコロナ禍など、自分を含めた多くの変化があり、過去を振り返ったりこの先を慮ったりする日々に負けそうになることも多かったように思う。しかし、短歌に力をもらいまた一歩を踏み出せた。

これは変化を極める時代に動けず狼狽えていた自分を戒めるための上梓だったように思っている。

変わらないものは頑なに変わらず、変わるものは手のひらを返すように変わってしまい、わからないものは延々とわからない。そんな一日一日を覚悟を持って生きるべきだと、そんな一日一日をただ一日だけ生きればいいと、ここにいる今が懇々とまたあっけらかんとわたしに言う。

明日は晴れるだろうか。

宮川聖子

2024年　秋

◇

第一歌集から引き続きこの歌集の装画をお願いしたいわがみ綾子様、出版にあたり手厚いサポートをいただいた田島安江様、黒木留実様、藤田瞳様はじめ書肆侃侃房の皆様、歩く道の木漏れ日に似た多くの方々に深く御礼申し上げます。

葉に露の流るる深き朝の底水のために咲く花を見ていた

夜にはまだ浅き落陽の丘にいて空のために飛ぶ鳥を見ていた

*

*　　*　　*

*

■著者略歴

宮川聖子（みやがわ・せいこ）

1962年　岐阜県多治見市笠原町に生まれる
1998年　父親の病室で短歌を作り始める
2003年　未来短歌会に入会（加藤治郎に師事）
2019年　第一歌集『水のために咲く花』刊行（書肆侃侃房）

ユニヴェール22

歌集　空のために飛ぶ鳥

二〇二四年十一月二日　第一刷発行

著　者　宮川聖子
発行者　池田雪
発行所　株式会社 書肆侃侃房（しょしかんかんぼう）
〒八一〇-〇〇四一
福岡市中央区大名二-八-十八-五〇一
TEL：〇九二-七三五-二八〇二
FAX：〇九二-七三五-二七九二
http://www.kankanbou.com info@kankanbou.com

編　集　田島安江
装　幀　藤田瞳
ＤＴＰ　黒木留実
印刷・製本　亜細亜印刷株式会社

ISBN978-4-86385-644-8 C0092